아! 깜짝 놀라는 소리

아! 깜짝 놀라는 소리

신형건 시 ｜ 강나래 외 그림

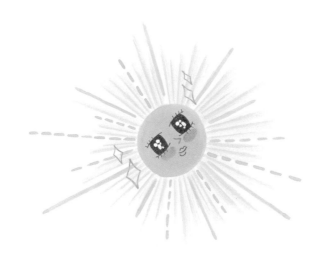

끝없는이야기

차 례

제2부
푸르른 그늘로 날아오르기 위해

제3부

꽃들에게 가서 그 얼굴 좀 보여 주렴

제4부
야, 저어기 음표 하나가 돌아다닌다

제1부
물방울 물방울 물방울 눈들

누가 먼저

비가 오는 걸
누가 맨 처음 알까?

톡, 떨어지는
첫 빗방울을 누가 제일 먼저
손 내밀어 받을까?

우리 집 앞뜰에
푸르른 차양을 치고 선
후박나무.

올여름, 우리 텃밭에
우산 가게를 새로 차린
토란잎들.

비 온 뒤

거미줄에 조롱조롱
매달린 물방울들이
나를 본다.

물방울 물방울 물방울
눈들.

전깃줄에 반짝반짝
빛나는 물방울들이
서로를 비춘다.

물방울 물방울 물방울
거울들.

초여름

푸르다.
나뭇잎이 푸르다.
푸른 나뭇잎을 가만가만 흔드는
바람이 푸르다.
푸른 바람의 부채질에
눈부시게 일렁이는 햇빛도
푸르다.

새소리

호로롱
호르
르
르
르

물방울처럼 굴러 내리는
새소리

―깨질라!

땅바닥에 떨어지기 전에
얼른
두 귀 모아

받았다.

향기 한 줌

산들바람아
나에게 오기 전에
먼저, 자귀나무한테 들렀다
오렴. 하늘하늘한
자귀나무 꽃 머리칼을
살살 빗어 주고
오렴. 연분홍 꽃향기를
선물로 받아 와
내게도 한 줌
나눠 주렴.

고만큼

봄바람의 주머니는
참 작구나.

방금
내 코끝에 뿌려 준
라일락 향기 한 움큼을
겨우 담을
만큼

고만큼.

멈칫,

까만 분꽃 씨와
눈이
딱 마주쳤다.

발걸음이 멈칫,
했다.

그때 그곳에서
너를 처음 만났을
때처럼.

달

"훔치고 싶은 달!"
이라고
내가 말했더니

"뽀뽀해 주고 싶은 달!"
이라고
너는 말했지.

그때 그 달이
지금, 하늘 한복판에
둥두렷이 떠 있다.

양떼구름

언덕길로
양떼를 몰고 가는 일은
정말 조심해야 해.

싱싱한 풀을 찾아
언덕 너머로
몰려간 줄로만 알았던 양들이

―저기 좀 봐!

모두 하늘에 올라가 있잖아.

솔방울 형제

동해 바닷가 솔숲엔
솔방울 형제들 참 많더라.

아름드리 소나무마다
오롱조롱 매달린
솔방울 형제도 많고

솔잎 이불 폭신한 땅에 떨어져
뒹굴다 보면
서로서로 형제가 되더라.

어느 나무에서 났는지 따지지 않고
모이는 대로
의좋은 형제가 되더라.

대문

고양이가
훌쩍
담을 넘어 들어온다

거기, 담 위에
활짝 열린
투명한 문이 보인다

고양이네 대문이다

공원 스케치

꽃만 말고
향기도 그려 넣어야지.

새만 말고
노래도 그려 넣어야지.

하늘과 숲과 나무와 사람들만 말고

내 마음을 산들산들 흔드는
바람도 그려 넣어야지.

바람처럼 스쳐 가는
시간도 그려 넣어야지.

아! 깜짝 놀라는 소리

−제88회 어린이날을 축하하며

왜 그럴 때 있지 않니?
아! 하고 내가 놀라는 바로 그 순간에
아! 하고 너도 놀라는
꼭 그럴 때 말이야.

오늘 아침엔 활짝 핀
라일락꽃을 보고 깜짝 놀랐는데
나보다 더 놀란 건 와그르르−
한 무더기로 피어난 수십, 수백의
라일락 꽃송이들이었나 봐.
서로서로 화안한 얼굴을 쳐다보며
아! 소리를 내느라
한꺼번에 토해 낸 꽃향기가
나를 아찔아찔하게 했어.

어디 그뿐이겠니?
화단엔 철쭉꽃들이 와그르르−

길가엔 조그만 은행잎들이 와그르르-
꽃샘바람에 시달리던 벚나무엔
어느새 자잘한 버찌들이 와그르르-
거리거리엔 엄마 아빠 손잡고
나들이 나온 아이들이 왁자그르르-
서로서로 눈부신 얼굴을 쳐다보며

깜짝 놀란 듯 아! 소리들이
온 세상에 가득해.

가을의 무게

두엄더미 옆에
하루 종일 퍼질러 앉아 있는
늙은 호박의 푸짐한 엉덩이가
가을, 이 가을엔
가장 무거워.

바지랑대 끝에
내려앉아 깜박 졸다가
푸른 하늘 속으로 퐁당 날아오르는
고추잠자리의 투명한 날개가
가을, 이 가을엔
가장 가벼워.

밤

밤은
밤에 떨어지지.
밤나무 아래서
밤 떨어지길 기다리는 사람 있을 땐
밤처럼 깜깜무소식이다가
밤이 오면, 아무도 없는
밤이 오면 우박 떨어지듯 후드득-
밤새도록 밤알 떨어지지. 그러니,
밤을 주우려거든 눈 어두운
밤에 오지는 말고 숲 속 여기저기에
밤 주머니가 그득해지길
밤새 기다렸다가 이른 새벽에 달려오렴.

제2부

푸르른 그늘로 날아오르기 위해

엄마 참새

마당가에 날아와 앉은
참새 떼, 아무리 봐도 모르겠다.
고만고만한 게 죄다 새끼 같고
어찌 보면 죄다 어미 같고.

누군가 휙, 돌을 던졌나 보다.
한꺼번에 포르르 날아올라
나무 위로 옮겨 앉았는데

아, 이제야 알겠다!
유난히도 큰 소리로 짹짹거리는 게
"죄 없는 우리 애들 왜 괴롭히느냐!"고
아락바락 항의하는 게 바로,
엄마 참새들이다.

매미 껍질

감나무 둥치에 매달린
그것은 옷이 아니라 매미의 투구!
겨우 30cm 높이의 땅 위로 기어오르기 위해
땅속에서 7년이라는 캄캄한
시간과 싸우느라
더욱 단단해진 투구.

아니, 그것은 매미의 허물!
투명한 날개를 펼쳐서 마침내
여름의 푸르른 그늘로 날아오르기 위해
목청껏 노래 부르기 위해
스스로 등을 찢고
아까울 것 없이 훌훌 벗어 버린
허물.

제비꽃 납치 사건

풀꽃을 좋아하는 아빠가
양재천 둑에서 제비꽃을 캐다가
작은 화분에 옮겨 심었다.

어린 강아지를 처음 데려온 것마냥
며칠을 애지중지하더니
햇볕 쨍한 창가에서 오늘 아침, 드디어
앙증맞은 꽃을 피웠단다.

마침 휴일이라 집에 놀러 온 이모한테
"내가 입양해 온 꽃인데……"
어쩌고저쩌고 어린애처럼
자랑이 한창이다.

'뭐, 입양? 입양이라고?
아빠는 제비꽃에게 물어보았을까,
우리 집에 데려가고 싶은데

괜찮겠느냐고. 가서 함께 살겠느냐고.
그러지 않았다면, 이건 입양이 아니라
납친데. 납치가 분명한데.'

나는 아빠에게 한번 따져 물으려다가
괜한 심통을 부린다고 할까 봐
꾹 참았다.

달팽이는 지금,

너, 지금
가고 있니?
느릿느릿 기어가고 있니?
네가 움직이는 모습
내 눈으론 통 알아볼 수 없는데
어쨌든 가고 있는 거
맞니?

−달팽이는 지금,
  사람 전용 산책로 무단 횡단 중!

너, 지금
가고 있는 거 맞구나?
기어가는 게 아니라
네 딴에는 걸어가고 있구나?
짝을 찾으러 이웃 마을로 바삐 가고 있구나?
아니아니, 사람들 발에 치여 으스러지지

않으려는 안간힘으로
달려가고 있구나!

–사람들은 지금,
　달팽이 전용 마을길 과속 운행 중!

유기비닐봉지

누군가 따라오는 기척에
얼핏 돌아보니
너였어.

때마침 불어오던 바람이
숨을 불어 넣었는지
까만 네 몸은 한껏 부풀어 올랐지.

아마도 바람은 나에게
너를 좀 데리고 가면 어떻겠냐고,
눈에 보이지 않는 투명한 목줄을 슬쩍
쥐여 주고 싶었나 봐.

내가 잠시 눈길을 주는 사이
까만 털이 고실고실한 유기견처럼
졸졸졸 나를 따라오던

누군가 버린 까만
유기비닐봉지
하나.

빨간 띠를 두른 나무들

-지금, 이 나무들이 울고 있어요!

누가 써 붙여 놓았을까?
빨간 띠를 두른 아름드리 플라타너스 둥치에
흰 종이 한 장이 가지런히 붙어 있다.
그 옆에 나란히 줄지어 선
나무들마다 똑같이 빨간 띠를 두르고 있다.

아, 사형 선고를 받은 나무들이란다.

며칠 전 시청에서 나온 사람들이
측량을 하고 말뚝을 박느라 분주하더니만
공원 길가 쪽 나무들을 골라 그런 표시를 했단다.
찻길을 넓히려면 다 잘라 내야 한단다.
수십 년 동안 그 자리를 지켜 온 나무들은
어디로 이사도 못 가고 하루아침에
싹둑 잘려 나가기만을 기다려야 한단다.

나무들에게 그토록 잔인한 판결을 내린 사람은
과연 누구일까?

어린 나무 한 그루를 심어 본 적도 없는 사람일까?
새순이 돋는 나무를 놀란 눈으로 바라본 적도
뜨거운 볕을 피해 서늘한 그늘로 잠시 숨어든 적도
나무 둥치에 기대어 책장을 넘겨 본 적도 없는 사람일까?
혹시 화성인이거나 아득히 더 먼 곳에서 날아온
무시무시한 외계인은 아닐까?

—지금, 이 나무들이 울고 있어요!

누군가 써 붙여 놓은 종이 한 장이 휙—
불어오는 바람에 금방이라도 떨어져 나갈 듯
펄럭, 펄럭거린다.

자전거 뺑소니

"조심해라!"
뒤꽁무니까지 따라온 엄마 말을 흥,
콧김 한 번에 떨쳐 버리고
바람을 가르며 쌩쌩 달리는데
힘차게 페달을 밟으며 두 바퀴를 날개 삼아
막 날아오르려는데

"어이쿠!"
무언가와 쿵 부딪쳤다.
콧잔등을 누군가 세게 들이받았다.
'앗, 교통사고다!'
앞만 보고 전력 질주 하던 나와
잠자리 한 마리가
그만 정면충돌하고 말았다.

그 녀석 얼마나 놀랐을까?
설마 다치기야 했겠어.

조심하라는 엄마 말도 안 듣는 나처럼
말썽꾸러기인 게 분명해.
후훗, 아주 쌤통이다!

나 몰라라 뺑소니를 치는데
화들짝 놀라 휘둥그레졌을 퉁방울눈이 떠올라
나를 꼭 닮은 것 같은
그 녀석 모습이 자꾸 떠올라
실실 웃음이 나왔다.

밥 먹으러 가는 길인데

저녁 먹고 아빠와 함께
양재천 산책로를 걸어가는데
"어이쿠, 깜짝이야!"
풀숲에서 불쑥, 너구리 한 마리가
얼굴을 내밀었어.

'오랜만에 산책하러 나왔는데
방해하는 게 누구야, 누구?'
가슴을 쓸어내리며 쫙 째려보았더니
너구리는 멀뚱멀뚱 날 쳐다보며
이렇게 말하는 것 같았어.

'밥 먹으러 가는 길인데
막아선 게 누군데, 응?
여긴 우리 동네라구.
넌 어느 동네에서 온 애길래
그렇게 눈초리가 사납니!'

부르는 소리

둥지를 처음 떠나
날갯짓이 서툰 아기 까치가
하필이면 축대 밑으로
풀썩,
떨어졌다.

푸드덕 날아오를 때마다
높은 축대에 자꾸자꾸 부딪히며
까악! 까악!
엄마를 부르는 소리가
크다.

깍! 깍! 깍!
아기를 부르는 엄마 까치 소리는
훨씬 더 크다.
천둥소리 같다.

제주도에 온 평창 샘물

성산 일출봉 아래
매점에 가서 '제주 삼다수' 주세요! 하니까
아주머니가 '평창 샘물'을 집어 주지 뭐야.
'삼다수'는 없어요? 하니까
도리질을 치지 뭐야.

야, 참 많이 힘들었겠다!

그 먼 강원도 평창 산골에서 퐁퐁 솟아난 샘물이 부릉
부릉 매연을 내뿜는 화물차에 실려 어딘가 땅끝 항구까
지 와서 다시 배를 갈아타고 바다 건너 제주도에 도착해
부릉부릉 시커먼 방귀를 연신 뀌어 대는 차로 다시 갈아
타고 성산포까지 와서 마침내 콧김을 훅훅 내뿜는 누군
가의 어깨에 실려 우뚝 솟은 일출봉 기슭 여기 이 간이
매점까지 헐레벌떡 왔을 테니, 휴우—

내가 서울에서 제주도까지 오느라

찍은 발자국보다
훨씬 더 많은 발자국을 찍으며 왔겠구나.
눈에 잘 띄지도 않는 고약한 탄소발자국을
참 많이도 남겼겠구나.

그런데, 문득 이런 생각이 들지 뭐야.
강원도 평창에 가서 '평창 샘물'을 달라고 하면
매점 아줌마가 내 코앞에
'제주 삼다수'를 불쑥
내밀진 않을까?

여긴 우리 집이야!

시골 할아버지 댁에 갔더니
참새들이 아침부터 대숲에 모여 앉아
짹짹거리며 수다를 떨지 뭐야.
그래서 내가 소리를 빽 질렀지.
-조용히 해. 여긴 우리 집이야!
그러자 참새들 조잘거리는 소리가 뚝,
그치는가 싶더니, 다시 와글와글와글-
그런데 참새 한 마리가 되려
나에게 톡 쏘아붙이지 뭐야.
-웃기시네. 여긴 우리 집이야!
우린 할아버지의 할아버지 적부터
여기서 죽 살았다구. 짹짹짹!

아침을 먹고 안마당에 나갔더니
생쥐 한 마리가 곳간 문틈에서 머리를 쏙,
내밀더니 쪼르르 줄행랑을 치지 뭐야.
그래서 내가 소리를 빽 질렀지.

-야, 이 도둑놈아. 어디서 알찐거리니?
여긴 우리 집이란 말야!
그러자 구멍 속으로 꽁무니를 빼던
생쥐 녀석이 갑자기 돌아 나와선
수염을 빳빳이 세우며 큰소리치지 뭐야.
-뭘 모르시네. 여긴 우리 집이야!
곡식을 좀 축내긴 했지만 우린
할머니의 할머니의 할머니 적부터
여기서 죽 살았다구. 찍찍찍!

수박을 먹고 배를 두드리며
마루에 큰 대 자로 누워 있는데
새끼 제비가 꽁지를 뒤로 쑥 빼더니 찍,
똥을 싸지 뭐야. 아유, 지저분해!
-야, 이 똥싸개야. 셋방살이하는 주제에
눈치코치까지 없구나. 여긴 우리 집이란 말야!
그러자 때마침 먹이를 물고 날아온

어미 제비가 콧방귀를 뀌지 뭐야.
−흥, 천만의 말씀! 여긴 우리 집이야!
우린 해마다 봄이면 날아와서
가을까지 여기서 죽 살다간 지가
할아버지의 아버지의 증조할머니의 엄마의
고조할아버지 적부터야! 지지골재재골!

뒤란에서 댑싸리 빗자루를 들고
살금살금 다가가 잠자리를 잡으려는데 느닷없이
구렁이 한 마리가 내 신발을 스치듯 스르륵,
지나가지 뭐야. 까무러칠 뻔했다가
가까스로 정신을 차리고는 소리를 빽 질렀지.
−뭐야, 넌? 여긴 우리 집이야!
허락도 안 받고 어딜 맘대로 휘젓고 다녀.
그러자 구렁이가 흘깃 돌아보더니
혀를 날름거리며 웅얼웅얼 대꾸하지 뭐야.
−고 녀석 버르장머리 없는 게 꼭

제 애비 어릴 때랑 똑같군. 쯧쯧!
이 집의 수호신이 누군 줄 정말 모르느냐?
그러곤 구렁이는 풀숲으로 스르륵
기어들어 가고 말았어.

난 그만 맥이 쭉 빠지고 말았지.
그 다음엔 꽃밭을 막 들쑤시고 다니며
터널을 뚫는 두더지와 마주쳤지만,
거미와 지네와 쥐며느리도 보았지만,
마실 온 두꺼비와 까치와 괜히 으르렁거리는
옆집 똥개와도 맞닥뜨렸지만 더는
―여긴 우리 집이야!
라고 소리 지르지 않았어.

제3부
꽃들에게 가서 그 얼굴 좀 보여 주렴

엄마 세탁소

엄마,
어떻게 빨았길래
이불이 요렇게 보송보송해요?

물에 빨고
햇볕에 한 번 더 헹구어서
그래!

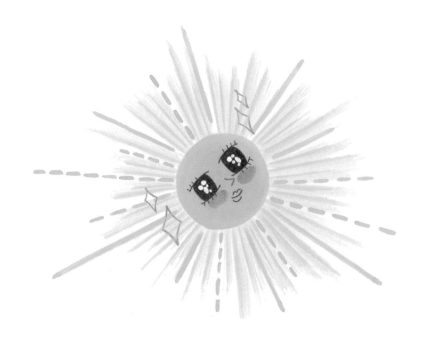

꽃들에게 보여 주렴

오늘따라
너, 정말 예쁘다!

꽃들에게 가서
어서 그 얼굴 좀
보여 주렴.

꽃들도 널 보고
─와, 예쁘다!
탄성을 지르느라

꽃밭이 더 환해질 거야.

마지막 인사

복실이가 낳은 강아지가
다른 집으로 분양되던 날
온 가족이 대문 앞까지 배웅을 나갔다.

영문도 모른 채, 새 주인 품에 안겨
눈을 말똥거리는 강아지에게
내 동생이 울먹이며 마지막 인사를 했다.
"보고 싶으면 전화해!"

'에이 참, 2학년쯤 됐으면 그게
말도 안 되는 소리라는 걸 모르나!'
속으로 혼자 퉁바리를 놓으면서도
그 말에, 왠지 나도 모르게
마음이 울컥했다.

'그래, 꼭 전화해.'

하늘나라 텔레비전엔

코코아를 마실 때마다
문득, 할아버지 생각이 난다.

할아버지도 지금쯤
따끈한 코코아를 마시면서
텔레비전으로 우리를 보고 계시지 않을까?

하늘나라 텔레비전엔
5, 7, 9, 13 −이렇게 숫자로 된 채널 말고
우리 집 −이런 채널도 있어서
할아버지는 우리가 보고 싶을 때마다
리모컨을 누르시진 않을까?

나랑 같이 따끈한 코코아를 마시며
텔레비전 보기를 좋아하셨던
우리 할아버지.

떡볶이 난로

입 안이 얼얼하더니
가슴 속이 홧홧하다.
오슬오슬 춥던 몸이
어느새 후끈후끈하다.

떡볶이 한 접시를 먹은 게 아니라

지금 막 나는
뜨거운 난로 하나를
삼켰다.

밥과 건전지

"학원 늦지 않게
빨리 먹어라."

엄마가 재촉할 때마다
문득
이런 생각이 들어.

내가
밥을 먹는 게 아니라
건전지를 끼우고 있다는
생각.

잠시라도
멈추게 될까 봐,
엄마가 내게 매일매일
새 건전지로 갈아 끼우고 있다는
생각.

공 튀는 소리

이틀째 앓아누워
학교에 못 갔는데, 누가 벌써
학교 갔다 돌아왔는지
골목에서 공 튀는 소리 들린다.

탕탕–
땅바닥을 두들기고
탕탕탕–
담벼락을 두들기고
탕탕탕탕–
꽉 닫힌 창문을 두들기며
골목 가득 울리는
소리

내 방 안까지 들어와
이리 튕기고 저리 튕겨 다닌다.

까무룩 또 잠들려는 나를
뒤흔들어 깨우고는, 내 몸속까지
튀어 들어와 탕탕탕–
내 맥박을 두들긴다.

아줌마 거인

옛날 옛적에 거인이 살았는데
파마를 한 것처럼 머리가 구불구불한 거인이 살았는데
그 아줌마 거인에겐 고약한 버릇이 하나 있었다지.
코딱지를 후비면 아무 생각 없이
엄지손가락으로 퉁, 튕기는 버릇이 있었다지.
아줌마 거인이 튕겨 낸 코딱지는
우주선 발사대를 떠난 '나로호'보다 더 빠르게
'옥토끼호'보다 더 높이 솟구쳐서
'보이저호'만큼 멀리멀리 우주로 날아갔다지.
수백, 수천 년 동안 퉁, 퉁, 튕겨 올린 코딱지들은
별이 되었는데, 그 별들은 죄다 울퉁불퉁한 데다가
그다지 예쁘지 않은 별들이었다지.
아직도 우주 공간을 와글와글 떠도는 소혹성들이나
긴 꼬리를 끌며 지구 궤도로 돌진해 와
가끔 우리를 화들짝 놀래키는 혜성이 되었다지.
그런데, 그 아줌마 거인이 어디로 갔는지
또 언제까지 살았는지 아는 사람은 아무도 없대.

다만 오랜 세월이 흐른 뒤에 덩치가 쪼그라들어
아주 평범한 아줌마로 환생했다는 소문만 떠돌고 있대.
그런데, 그런데, 난 우리 엄마가 좀 의심스러워.
내가 그러면 야단야단 치면서
지금도 코딱지를 후비자마자 습관처럼 퉁,
퉁기는 저 꼬불꼬불한
파마머리 아줌마!

오늘의 주인공

오늘은 어린이날,
그러니 주인공은 당연히
나겠지. 그래서 엄마 아빠를 졸라
놀이공원에 갔는데, 웬걸! 난 그만
강적을 만나고 말았어.
놀이 기구를 탈 때마다 나보다 먼저
달려가고, 꺅꺅! 소리도
귀청이 찢어질 듯한 데시벨로 지르고,
아이스크림 먹을 땐 팔에
포클레인이라도 장착한 듯 푹푹
입에 퍼 담고, 아무 때나
깔깔거리고, 제멋대로 떼쓰고,
그러더니 어느새 싫증 났다고
집에 가자 조르니, 도대체 누가
말릴 수 있겠어. 그러니 오늘
어린이날의 주인공은 바로
우리 아빠지!

엄마야!

엄마도 크게 놀라면
엉겁결에
"엄마야!" 한다.

나처럼
"엄마야!" 한다.

오늘은
엄마가 느닷없이
"엄마야!" 외치며
나를 꼭 붙드는 바람에

나는 더 크게 놀라서
엄마를 부둥켜안고
아무 말도 못했다.

비 오는 날

엄마한테
새 장화와 새 우산을
사 달래야지.
노랑 우산과 빨강 분홍 꽃 장화!

비 한 방울 맞지 않고
발끝 하나 적시지 않도록
꼭 사 달래야지.

−쉿, 이건 비밀인데,
우리 엄마한텐 절대 비밀인데…

사실 난, 비 오는 날이면
꽃무늬 장화 신은 발로
흙탕물을 탕탕 튕기는 게
제일 재미있어.

좀 젖으면 어때!
우산을 팽글팽글 돌리면
난 세상에서 제일 신나게 도는
팽이가 될 거야.
샛노란 팽이가 될 거야.

엄마의 날개

집안에서 살림만 한다고
자칭 전업주부라는 엄마가
오늘 오랜만에
초등학교 동창들을 만나러 간단다.

아침부터 콧노래를 흥얼거리더니
그게 바로 펌프질을 하는 소리였나 보다.
공기가 꽉 찬 자전거 바퀴처럼
두 다리가 빵빵하다.
금방이라도 집 밖으로 힘차게 달려 나갈 것만 같다.

외출 준비를 서두른다고
쿵쾅거리는 소리가 요란하더니
문득 고요해졌기에, 안방 문을 빼꼼 열어 보니
엄마는 화장대 앞에 앉아 지금 막
탈바꿈 중이다.

마지막 마무리는
파란색 매니큐어, 마침내 엄마는
날개를 달았다.
손가락마다 하나씩 눈부신 날개를 달았다.
이제 곧 팔랑팔랑 나비처럼 날아갈 거다.

어서 문을 열어 드려야지!

겨울 한낮에

우리 동네 경로당 앞에
의자들이 앉아 있다.

여기저기 얽은 나무의자
다리에 붉은 녹이 슨 철제의자
희끗희끗 빛이 바랜 플라스틱의자
한 귀퉁이가 툭 터진 가죽의자

모양이 제각각인 의자들이
나란히 앉아
햇볕을 쬐고 있다.

누군가 엉덩이를 붙이고 앉아
밤늦도록 공부했을 의자,
도란도란 마주 앉아 밥 먹을 때
식구들의 다리를 든든히 받쳐 주었을 의자,
어느 집 거실에 놓여

가장 편안한 자리였을 의자, 서로 앉겠다고
동생과 누나가 티격태격하는 사이
냉큼 올라앉은 고양이가 먼저 차지하곤 했던
의자, 이제는 늙고 쓸모없다고
버려진 그 의자들을
누군가 경로당 앞에 데려다 놓았다

할머니, 할아버지들이
모두 나들이를 가셨는지 오늘따라
고요하기만 한 경로당 앞에
의자들이 나란히 앉아 해바라기를 하고 있다.

제4부

야, 저어기 음표 하나가 돌아다닌다

이정표

참 반가운
이름들

왜 이리 반가운가 했더니

멀리까지
이름표 달아 놓고
마중하는 손짓을 보냈구나!

길 잃지 말고
너무 서두르지 말고
잘 찾아오라고
웃는 얼굴로 곧 만나자고

정동진 20km
장호 65km
영덕 90km

디카를 배낭에 넣어 둔 까닭

자, 이제부턴
내가 카메라야.

눈꺼풀 셔터만큼
빠르고 간편한 건 없을걸.

눈을 깜박깜박할 때마다
찰칵, 찰칵! 찍힌
풍경들이

내 마음속에
하나하나 저장되겠지.

오래오래 지워지지 않을
선명한 이 사진들은
언제든 다시 꺼내 볼 수 있을 거야.

우도 한 바퀴

우도에 가면
씽씽 달리는 관광버스를 타도 되고
앞서거니 뒤서거니 자전거를 타도 괜찮고
고소한 땅콩을 까먹으며 마냥 걸어 다녀도 좋지만
무엇보다 바람과 친해져야 해.

제주도 동쪽 끄트머리로 지나가던
쌩쌩한 바람이 고래 콧구멍처럼 생긴 바닷가 동굴에
자기 집을 마련해 놓고는
우도에 찾아오는 관광객을 두어 명쯤 휙—
날려 버리려고 잔뜩 벼르고 있거든.

바람이 세차다고 투덜거리지만 말고
보리밭 위로 날쌘 제비처럼 미끄러지는 바람에게
짝짝짝 박수를 쳐 주거나
같이 먹자고 땅콩 몇 알을 나눠 주거나
한 번쯤 두 팔 벌려 안아 줘 봐.

그러다가 심술쟁이 바람이 순해지면 슬쩍 올라타 봐.

우도를 한 바퀴 돌려면
바람을 타고 도는 게 제격이야.
우두봉의 검은 말갈기 위에서 하얀 산호모래 해수욕장까지
단숨에 달려 내려가 보고
납작 엎드린 집들과 나지막한 돌담 사이로
이 골목 저 골목 쏘다니다 보면

바다 위에 오래오래 웅크리고 있던
거대한 소가
마침내 일어나려고 움찔, 기지개 켜는 것을
느낄 수도 있을 거야. 바람결에 음매-
우는 소리도 들려올 거야.

***우도** : 제주도 성산포 동북쪽에 있는 섬으로 그 형태가 소가 드러누웠거나
머리를 내민 모습과 같다고 하여 우도라고 이름 지었다.

어린 모차르트에게

그냥 두들기렴.
아무 생각 없이 건반 위를 내달리렴.
네 마음이 가는 대로
네 마음의 화살표가 가리키는 대로
거침없이 달려가렴.
누가 보고 있다는 생각도
누가 듣고 있다는 사실도
박수를 받겠다는 기대도 지워 버리렴.
네 마음이 즐거운 대로
네 마음이 기쁜 대로
때로는 네 마음이 외롭고 슬픈 대로
그냥 내버려 두렴.
네 앞의 피아노를 미끄럼틀 삼아
그네 삼아, 네 마음 깊숙이 내려가고
또 네 마음 위로 치솟아 오르렴.
흰 건반과 검은 건반을 징검다리 삼아
마침내 네 마음 밖으로

경중경중 뛰어나오렴.
짝짝짝짝짝—!

파란 음표

-밴쿠버 올림픽의 김연아를 기억하며

야, 저어기
하얀 얼음판 위에
음표 하나가 돌아다닌다.
하늘하늘 파란 옷을 입은 음표는
이분음표로
사르릉
미
끄
러
지다가
팔분음표로
통통 뛰어오르다가
십육분음표로
뱅그르르 돌다가
문득
팔분쉼표로 멈추었다가
다시 사분음표로 나풀거리더니

톰방톰방

호수 위를 뛰어다니는

빗방울처럼

사람들 가슴을 딛고 다닌다.

파란 음표 발자국이 찍힌

가슴들은

모두

숨을 죽였다.

육십사분음표로 팽글팽글 돌던

파란 음표가

한순간, 팔을 활짝 벌리고

온쉼표가 되자

음악이 멈추고

비로소

온 세상이 환호성으로

가득 찼다.

새벽

새벽녘
시험공부를 하다
무심코 창밖을 내다보니

아파트 건너편 동
두 집에
부엉이 눈처럼 불이 환하다

아직 안 자는 걸까?
벌써 일어난 걸까?

하루가 끝나고 또 하루가
시작된 시간을
커다란 부엉이 한 마리가

나처럼 지켜보고 있다.

수첩 고르기

너무 크지도
너무 작지도 않은 게 좋아.
내 손 안에 쏙 들어올 만큼.
너무 칙칙하지도
너무 화사하지도 않은 표지가 좋아.
꺼내 들 때마다 내 마음이
편안해지는, 그런 색깔이면 돼.
너무 많은 칸으로 나뉘어 있거나
너무 두껍지 않은 게 좋아.
내가 쓸 말이 알맞게 들어갈 만큼
하얀 여백이 있으면 돼.
그래, 호주머니에 든 손거울과
머리빗과 손때 묻은 볼펜과
잘 어울리면 돼.
아, 이거다!

혼자 한 말

방금
내가 속으로 한
말
들은 거니?

들국화 하나가
끄덕끄덕
덩달아 몇 송이가
끄덕끄덕

얘들아, 너희들도
나랑 생각이 같은 거니?
그런 거니?

들국화 향기가
풀풀—

종소리

어디선가
종소리 울려오네

지금
혼자이지 않은 사람들
저 종소리 들었을까

혼자인 사람 들으라고
종소리 또 울려오네

혼자인 사람
조금 덜 쓸쓸하라고
조금 덜 외로우라고

개밥바라기

주인이 돌아오지 않는
텅 빈 집에서 혼자
텅 빈 개 밥그릇을 핥던 개가
문득 올려다본 초저녁 하늘에

가장 먼저 뜬
별 하나

그 별 이름이
바로 개밥바라기란다

저녁도 먹기 전에
먼 길 가는 누군가의
밤길잡이가 되어 주려고
밤새 가야할 아득한 하늘 길을
일찌감치 나섰다가

밥풀 하나 없는
개 밥그릇을 말끄러미 내려다보게 된
그 별은 또

얼마나 배가 고팠을까!

위안부 소녀상의 일기

　2012년 8월 15일, 나는 의자에 앉아 있어요. 오늘로 264일째 여기, 일본 대사관 앞에 앉아 있지요. 난 눈을 감은 적이 한 번도 없어요. 입술을 움직인 적도 없어요. 입을 꼭 다문 채 눈을 크게 뜨고 길 건너편을 뚫어지게 바라보고 있지요. 내가 여기에 처음 앉게 된 날, 얼굴에 주름살이 가득한 할머니들이 나를 꼭 껴안아 주었어요. 할머니들의 눈물방울이 내 저고리 옷섶에 툭, 툭 떨어졌을 때, 난 가슴이 너무 뜨거워서 몸을 움찔했어요. 그 눈물은 나의 심장이 되어 차가운 황동의 몸에 피를 돌게 했지요. 그 순간 난 알게 되었지요. 그 할머니들이 바로 또 다른 나라는 것을. 추운 겨울날, 내 또래의 소녀가 다가와 내 머리에 하얀 털모자를 씌워 줬어요. 다음 날엔 더 어린 소녀가 와서 빨간 목도리를 풀어 내 목에 둘러 주었고, 그 다음 날엔 어느 아주머니가 내 몸에 담요를 덮어 주었어요. 그런데도 난 몹시 추웠어요. 몸이 오들오들 떨리고 두 발이 자꾸 오그라들었어요. 내가 이렇게 눈 한 번 깜박이지 않고 바라보는데, 저들은 나를 알아보지 못했어요. 수요일마다 내 곁에 모인 사람들이 목이 터져라 외치는데, 저들은 전혀 못 들은 척

했어요. 그럴 때마다, 나는 내 오랜 기억 속의 그날들처럼 춥고 두렵고, 슬프고 아팠어요. 나는 꽃을 사랑하던 소녀였지요. 손톱에 봉숭아 꽃물을 들이며 그리운 사람을 기다리던 소녀였지요. 하지만 저들이 짓밟아 버린 나의 봄은 끝끝내 오지 않았어요. 지금 난 의자에 앉아 있어요. 얼음처럼 차가운 의자에 앉아 있어요. 지난 봄 어느 날, 젊은 청년이 다가와 내 옆 빈 의자에 꽃 한 다발을 놓아 주었어요. 난 눈물을 한 방울 흘릴 뻔했어요. 하지만 난 뚫어져라 앞만 바라보았어요. 저들을 바라보았어요. 한 달 전 비가 주룩주룩 내리던 날, 경찰관 아저씨가 내게 우산을 씌워 주었어요. 난 눈물을 왈칵 쏟을 뻔했어요. 하지만 난 뚫어져라 앞만 바라보았어요. 저들을 바라보았어요. 난 이제 알아요. 내가 혼자가 아니라는 것을, 내 옆 빈 의자에 누군가 늘 함께 앉아 있다는 것을 알아요. 나는 의자에 앉아 있어요. 겨울처럼 차가운 의자에 앉아 있어요. 저들이 나를 똑바로 알아볼 때까지, 저들이 마침내 고개 숙여 잘못을 빌 때까지, 여기에서 꼿꼿이 지켜보고 있어요.

수건과 의자가 나눈 이야기

넌 참 좋겠구나! 난 겨우
욕실 수건걸이에 매달려 있을 뿐인데
넌 튼튼한 다리가 있으니.
맨날 게임만 하겠다고 떼쓰며 툴툴거리는 아이가
억지로 숙제를 하려고 푸짐한 엉덩이를
뭉기적뭉기적 들이밀어도 거뜬히 받아 낼 수 있는 건
네 개의 다리가 떡 버티고 있기 때문일 거야.
하지만 넌 게으름뱅이처럼 늘 그 자리에
앉아 있기만 하는구나. 오, 미안!
널 흉보려는 건 결코 아니야. 다만
네게 아무런 고마움도 느낄 줄 모르고
뭉기적거리기만 하는 살찐 돼지 엉덩이만
하릴없이 기다릴 게 아니라, 너 스스로
누군가를 찾아 나서면 어떨까? 하는 거야.
누군가 무척 오래 서 있어서 정말
한순간이라도 앉고 싶어 하는 사람, 또 누군가
다리가 너무 아파서 네게 의지해야만 할

사람, 아픈 허리를 토닥거리며
아유 고맙기도 해라! 하고 황송한 듯
눈을 지그시 감으며 네 등받이에 슬며시 기댈
사람, 그런 사람을 찾아 나서 보렴.
튼튼한 네 다리로 뚜벅뚜벅 걸어서
저 현관문을 박차고 나가 꼭
그런 사람을 찾아보렴!

그래그래, 좋은 친구 수건아
나를 게으름뱅이라 불러도 좋아.
네가 일깨워 주기 전엔 나도 미처 몰랐구나.
나 스스로 누군가를 찾아 나설 수 있다는 걸!
네가 던져 준 씨앗이 내 마음에서 싹트면
언젠가 꼭 한 번 실천해 볼게.
그 대신 네게도 귀띔해 주고 싶은 게 있어.
내게 튼튼한 다리가 있는 것처럼
너도 참 소중한 걸 가지고 있단다.

지금 당장 네 몸을 스스로 펄럭여 보렴.
베란다의 건조대에만 얌전히 갇혀 있어서 그렇지
실은, 넌 온몸이 날개란다.
아주 오래지 않은 옛날, 긴 바지랑대로 높이
치켜 올려진 빨랫줄에 매달려 있던 시절
바람에 펄럭일 때마다, 너희 수건들은
빨래집게의 앙다문 이빨을 물리치고
온몸을 펄럭이며 멀리멀리 날아가기도 했단다.
욕실에 하릴없이 매달려, 하루 종일
땀 한 방울 흘리지 않아 살만 피둥피둥 찐
털 없는 원숭이들만 기다릴 게 아니라
너도 누군가를 찾아 나서렴.
땡볕에서 김매기 하느라 이마며 콧잔등에
땀이 송글송글 맺힌 사람, 온몸이 땀으로 흠뻑
젖은 줄도 모르고 기쁘게 일하는 사람을
찾아 나서렴. 네 날개로 펄렁펄렁
힘차게 날아가 보렴!

나도 따라갈게, 뚜벅뚜벅!
펄렁펄렁! 뚜벅
뚜벅!

시를 태어나게 하는 첫마디

아주 오랜만에 사진 앨범을 꺼내어 펼쳐봅니다. 거기 맨 앞쪽에 유난히 눈이 동그란 아이가 있습니다. 바로 서너 살 무렵의 나입니다. 나는 어느 친척의 결혼식장에 가 있습니다. 갑자기 플래시를 터뜨리는 사진사와 북적거리는 사람들 그리고 예식장 구석구석의 처음 보는 물건들에 아이의 눈은 휘둥그레졌습니다.

내가 어렸을 적엔 눈이 무척 크고 동그랬다고 합니다. 아주 어렸을 적부터 나는 낯선 것들을 볼 때마다 자주 놀라곤 했으니까요. 지금도 또렷이 기억납니다. 언젠가 축축한 땅바닥에서 땅강아지가 발발거리는 것을 처음 본 순간 눈이 동그래졌고, 날마다 아침이면 눈부신 햇살에 번번이 놀라서 눈이 더욱 동그래지곤 했습니다.

좀 더 자라서 논두렁, 밭두렁 길을 쏘다니고 냇가에 발을 담그기도 했을 즈음엔 놀랄 일이 더더욱 많아졌습니다. 무당벌레, 소금쟁이, 제비꽃, 민들레, 각시붕어, 물방개, 알락할미새, 조약돌, 사금파리,

토란잎, 이슬, 청개구리, 물뱀, 소나기, 번개, 무지개…… 나는 눈앞에 처음 나타난 온갖 것들에 놀라 눈이 자꾸자꾸 커졌습니다. 그럴 때마다 내 입에선 탄성이 절로 터져 나왔지요. 어쩌면 미처 빠져 나오지 못한 "아!" 소리가 훨씬 더 많았는지도 모릅니다. 그 소리들은 분명 내 안에 그대로 저장되었을 것입니다.

그런데 언제부터인가 그 소리들이 술술 풀려나오기 시작했습니다. "아!" 소리는 바로 시를 태어나게 하는 첫마디였던 것이지요. 내가 아주 어렸을 적부터 무심코 토해 냈던 탄성들이 내 마음에 울림으로 남아 있다가 한 장의 그림이 되고 몇 마디의 노래가 되었던 것입니다. 어쩌면 나는 "아!" 외마디만으로는 직성이 풀리지 않아, 그 소리를 오래 간직했다가 좀 더 긴 말로 풀어내고 있는지도 모릅니다.

차츰 나이가 들면서 나는 세상에 대한 호기심과 설렘을 많이 잃고 말았습니다. 안타깝게도 한동안 흐릿한 눈으로 지냈습니다. 시를 잘 쓸 수도 없었지요. 그래서 아주 어렸을 적에 처음 말을 배울 때처럼 "아!" 깜짝 놀라는 소리를 내 마음에 되살리려고 애를 썼습니다. 문득 그 소리야말로 가장 짧은 시라는 생각이 들었으니까요.

이 시집에 실린 시들은 그렇게 쓰인 것들입니다. 온 세상이 하루하루 새로워지느라 깜짝 놀랄 것투성이여서 "아!" 소리가 가득한 계절에 이 시집을 여러분 앞에 선보이게 되어 정말 기쁩니다.

2016년 초여름에 처음 펴냈던 시집을 새로이 디자인하여 오륙 년 만에 개정판을 펴냅니다. 그동안 이 시집에 수록된 시 「공 튀는 소리」가 〈국어〉 교과서에 실려 많은 독자를 만나는 보람도 있었습니다. 이 시집이 독자들에게 새로운 느낌으로 다가가길 기대합니다.

2022년 새해를 맞으며
신 형 건

■■ 시인 약력

신형건 1965년 경기도 화성에서 태어나 경희대학교 치의학과를 졸업했으며, 1984년 '새벗문학상'에 당선되어 작품 활동을 시작했다. 대한민국문학상 · 한국어린이도서상 · 서덕출문학상 · 윤석중문학상 등을 수상했으며, 초등학교와 중학교 〈국어〉 교과서에 「거인들이 사는 나라」 「그림자」 「시간 여행」 「넌 바보다」 「공 튀는 소리」 등 9편의 시가 실렸다. 지은 책으로 시집 『거인들이 사는 나라』 『바퀴 달린 모자』 『콜라 마시는 북극곰』 『여행』 『아! 깜짝 놀라는 소리』 『엄지공주 대 검지대왕』, 시선집 『모두모두 꽃이야』 『별에서 별까지』, 비평집 『동화책을 먹는 치과의사』 등이 있다.

■■ 화가 약력

강나래 시와 동화에 잘 어울리는 그림을 그리는 일러스트레이터로, 1984년 서울에서 태어나 한양여자대학에서 일러스트를 전공했다. 그린 책으로 『거인들이 사는 나라』 『사랑하니까』 『엄마보다 이쁜 아이』 『어쩌면 저기 저 나무에만 둥지를 틀었을까』 『바퀴 달린 모자』 『모두모두 꽃이야』 『엄지공주 대 검지대왕』 등이 있다.

김지현 미국 뉴욕의 School of Visual Arts(SVA)에서 일러스트레이션을 전공한 뒤, 영국 런던 킹스턴대학교 예술디자인대학원에서 석사 학위를 받았다. 그린 책으로 『모두모두 꽃이야』 『아! 깜짝 놀라는 소리』 『우산 속 둘이서』 『병원에선 간호사가 엄마래』 등이 있다.

표지 그림 | 강나래   **본문 그림** | 강나래(제1, 3부) · 김지현(제2, 4부)

아! 깜짝 놀라는 소리

개정초판 1쇄 2022년 1월 30일
지은이 신형건 | **그린이** 강나래, 김지현
펴낸이 신형건 | **펴낸곳** (주)푸른책들 · 임프린트 끝없는이야기 | **등록** 제321-2008-00155호
주소 서울특별시 서초구 양재천로7길 16 푸르니빌딩 | **전화** 02-581-0334~5 | **팩스** 02-582-0648
이메일 prooni@prooni.com | **홈페이지** www.prooni.com
인스타그램 @proonibook | **블로그** blog.naver.com/proonibook
ISBN 978-89-6170-840-1 03810